时间的彩虹·诗

白　鲨/著

北方妇女儿童出版社
·长春·

图书在版编目（CIP）数据

时间的彩虹. 诗 / 白鲨著. -- 长春 : 北方妇女儿童出版社, 2019.8
ISBN 978-7-5585-3988-6

Ⅰ. ①时… Ⅱ. ①白… Ⅲ. ①诗集－中国－当代 Ⅳ. ①I227

中国版本图书馆CIP数据核字(2019)第138257号

时间的彩虹·诗

SHIJIAN DE CAIHONG SHI

出 版 人　刘　刚
策 划 人　师晓晖
责任编辑　石晓磊
开　　本　880mm×1230mm　1/32
印　　张　3.5
字　　数　60 千字
版　　次　2019 年 8 月第 1 版
印　　次　2019 年 8 月第 1 次印刷
印　　刷　郑州创维彩印制作有限公司
出　　版　北方妇女儿童出版社
发　　行　北方妇女儿童出版社
地　　址　长春市龙腾国际出版大厦
电　　话　总编办　0431-81629600
　　　　　发行科　0431-81629633

定　　价　26.00 元

时间的彩虹·诗
目录

时间的彩虹·诗
目录

时间的彩虹·诗
目录

时间的彩虹·诗

目录

啃香蕉

欣观日落摇折椅，乐赏蝉鸣啃香蕉。

虽然不辨其中味，尽享清凉等人邀。

2017-6-22

The world puts off its mask of vastness to its lover.

数鲜花

显达商场数鲜花，一二三四五六八。

一朵牡丹滴雨露，八盆茉莉竞云霞。

2017-6-23

豆腐花

朱唇粉面杨妃茶，玉骨冰肌豆腐花。

或问此为谁家女，自云吾乃孙氏娃。

2017-6-24

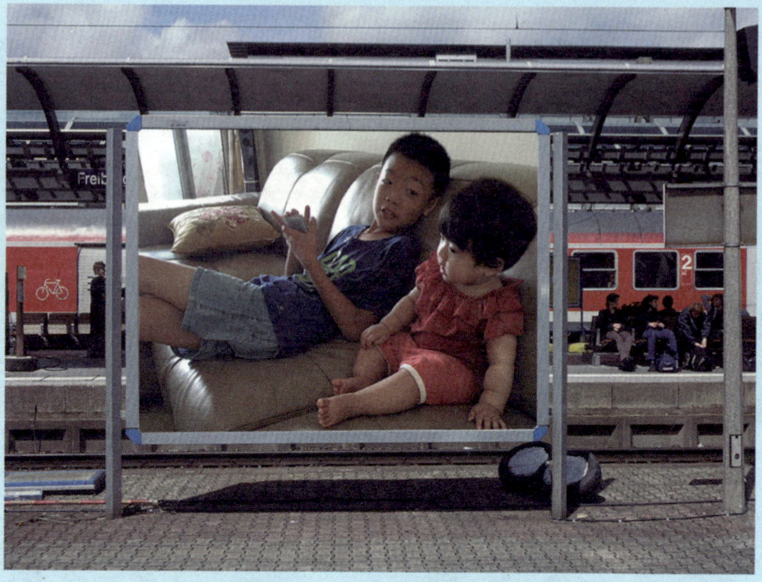

玩牌

吃完午饭无聊赖，兄妹二人玩纸牌。

连蒙带骗不凭记，滥炸狂轰全靠猜。

2017-6-25

我的桥头

这个桥头属于我，谁敢拿它换糖果。
今晚姑娘要乘凉，闲杂人等赶快躲。

2017-6-26

等开饭

耳侧但听声乱响，鼻端只觉香远飘。

乖女最听妈妈话，小凳安然等佳肴。

2017-6-27

鱼缸

遨游江海终觉浅，受困鱼缸始知深。
莫效凡俗空自在，少年无志难成人。

2017–6–28

偷笑

人面芙蓉映月华，琼斯杰克赞仙葩。
蝶舞蜂飞不知处，正襟危坐掩靥花。

2017-6-29

山行

凭栏远眺湖光静，扶杖徐行山路狭。

拂柳分花无尽处，茅屋小院一人家。

2017-6-30

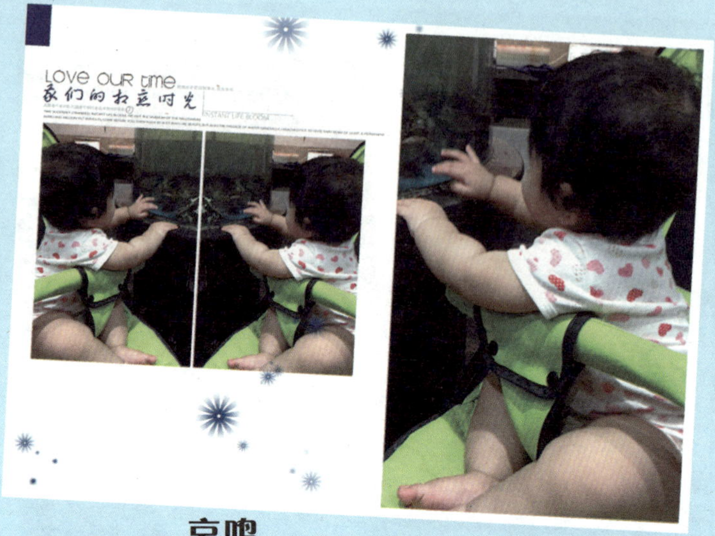

哀鸣

酒楼收铺已三更，几尾游鱼正哀鸣，
无数亲邻赴汤镬，多方朋友就刀刑。
人类餐桌食美味，水族箱柜守残生，
何日繁华屠戮尽，十方世界冷又清。

2017–7–1

车模

会展中心正午时，鼓乐喧天人马嘶。
香车奇伟无蓬盖，美女娇柔有仙姿。

2017-7-2

游山尽兴

上午游玩满山疯，气喘吁吁面色红。

狼吞虎咽餐盘净，牛饮鲸吸水杯空。

2017-7-3

芭蕉扇

手持息焰芭蕉扇，足踏腾云七宝车。
细雨清风凡火尽，除烦解燥美梦多。

2017-7-4

同窗

曾拜神龟学武艺，幸和阿宝做同窗。

守护安宁为己任，仗剑降魔走四方。

2017-7-5

电风扇

风叶条条难转动，星眸盏盏忘点明。

百思不解愁眉皱，却见插头未接通。

2017-7-6

ONCE WE DREAMT
WE WAKE UP

娃娃坐车

爸爸开车太吓人，娃娃看路很担心。
大好风光难鉴赏，叽里咕噜口中嗔。

2017-7-7

once we dreamt that we were strangers.
we wake up to find that we were dear to
each other.

明眸

空蒙雨后青山远，静谧崖前碧水深。

明珠墨玉天然饰，两方幽镜可照人。

2017-7-8

饮玉露

朝霞云岭日正升，佳人斜倚万花丛。
灵山玉露滋娇体，瑶水红莲映韶容。

2017-7-9

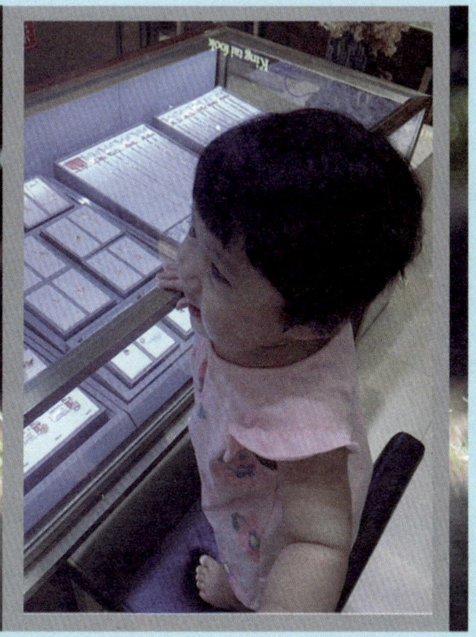

逛金店

耳环圆润金光闪，项链纤柔珠泪连。

儿童相见不识货，笑问店员多少钱。

2017-7-10

Happy new year

买金店

孰意前台脸色寒，何堪导购话声酸。
莫道姑娘言不预，今天展品全包圆。

2017-7-11

戏枣图

十里花香重，中秋衣裳红。
白露金风起，傲然枝叶中。

2017-7-12

两个水果

篮中两水果，小妹细端详。
红桃和绿李，鲜嫩并清香。
美味应齐享，甘辛理共当。
未见哥哥到，我先逐个尝。

2017-7-13

I ♥ YOU
My
Lovely
Day

养神

梦中无冷暖，世上有炎凉。

养好精神气，抬头走四方。

2017-7-14

免提

娃娃打电话，却是懒出奇。

不想拿听筒，非说按免提。

2017-7-15

白莲

淑影云台现，俯观人世间。
降魔称圣母，度厄号白莲。

2017–7–16

盗仙泉

昔时曾大旱，万物被摧残。
甘霖绝沃野，灵水断千山。
昆仑出圣母，北海盗仙泉。
赤地重苏醒，天下美名传。

2017-7-17

沙漠数星

西北风光好，迥异故乡情。
车游沙漠海，坐数银河星。

2017-7-18

灯火阑珊

碧空圆月照，南海微风撩。
灯火阑珊处，醉意上眉稍。

2017-7-19

上课

夫子台前讲，学生课上忙。

水浒西游记，聊天瞌睡长。

2017-7-20

看拜堂

小区鞭炮响，窗外声喧扬。
爸妈休议论，阿女细端详。
豪驾七八辆，新人五六双。
美景良辰日，团团喜拜堂。

2017-7-21

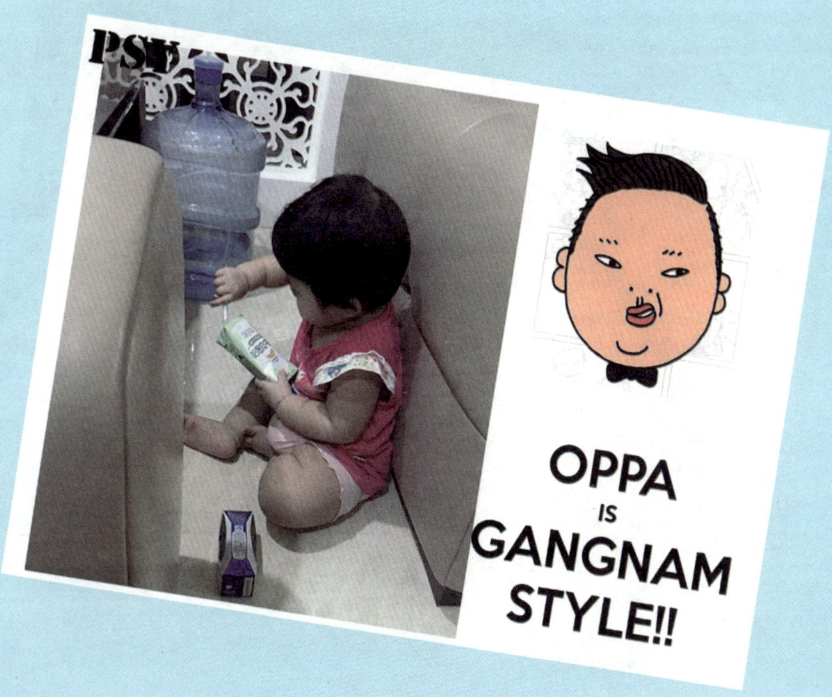
OPPA
IS
GANGNAM
STYLE!!

想喝牛奶

牛奶纸盒装，沙发乖女藏。

奋力插吸管，急将美味尝。

2017–7–22

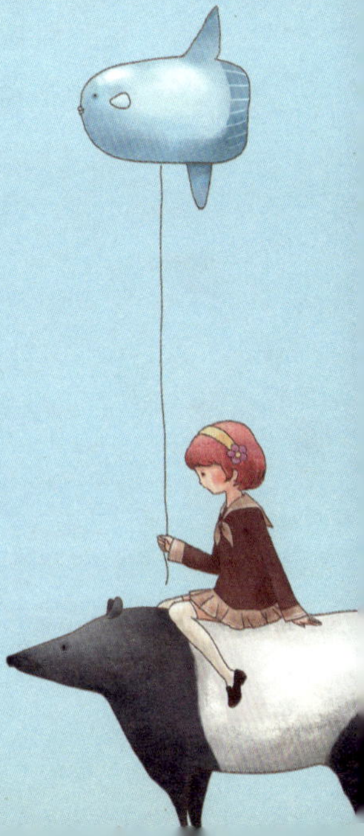

试新装

宿夜难成寐，清晨忙起床。

急将包裹解，对镜试新装。

2017-7-23

花墙

风淡拂朱颜，花墙日影连。
不似人间玉，恰如天上仙。

2017-7-24

学温席

打开遥控器，唤醒空调机。

年纪虽然小，学人温枕席。

2017-7-25

摇头晃脑

娃娃兴致高，喝奶唱歌谣。
蓬头左右晃，美目四周瞄。

2017-7-26

发呆

日丽草成茵，鱼游鸟戏林。

妈妈说我小，不让出房门。

2017-7-27

百宝箱

款摆千金体，轻扶百宝箱。
重如天降铁，何物里边藏。

2017-7-28

宏图大展

沉思老板椅，审阅半年绩。
伟业宏图展，开心双眼眯。

2017-7-29

回首望蝉鸣

廊室花荫落，伏风夏日长。
信步惊回首，一蝉鸣欲翔。

2017-7-30

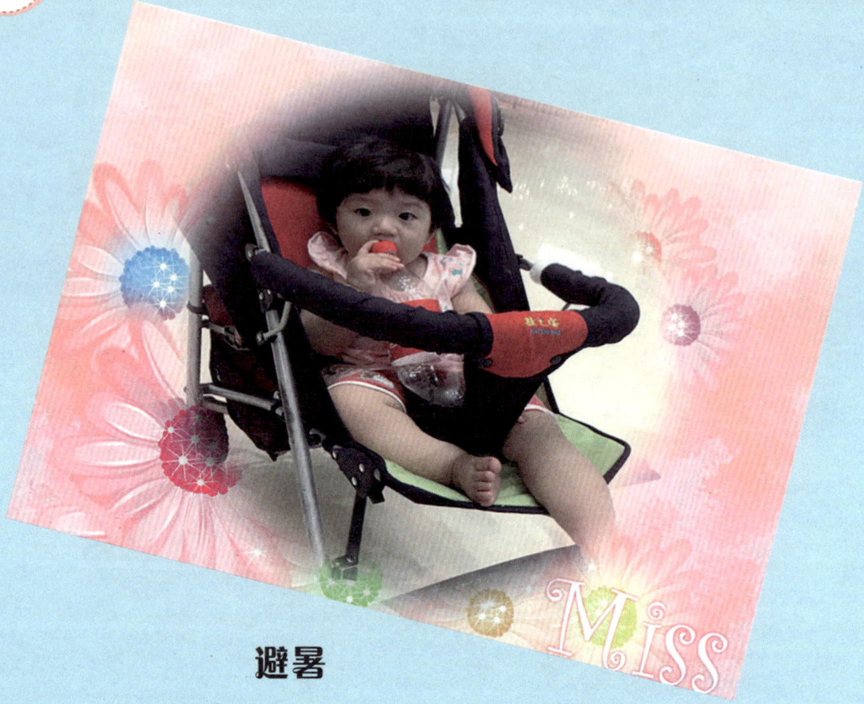

避暑

林荫避酷暑，商厦享清凉。

无奈年龄小，汽水不能尝。

2017-7-31

积木

大小都刚好，绿黄皆适宜。
巧手搭积木，建成迪士尼。

2017-8-1

昆仑山芭蕉宝扇

太阴灵宝芭蕉扇，源出祖脉昆仑山。
挥出细雨生云霭，唤起清风搅波澜。
曾助悟空熄烈焰，能帮太上炼金丹。
非比人间寻常物，驱邪避暑代相传。

2017-8-2

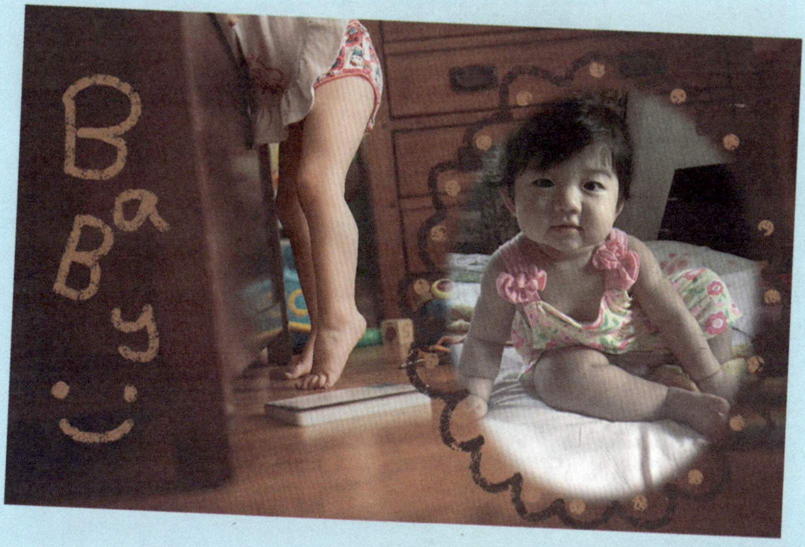

佛坐

卢舍那佛常恬淡，则天大圣素威严。
云台端坐虽无语，常念慈悲化红莲。

2017-8-3

花果山中

花果山中食花果，水帘洞里看水帘。
猴儿玩耍无归意，摸爬滚打闹翻天。

2017-8-4

cyworld/genius20
사랑은 바람이다.
분명히 불어오는 것을 느낄 수 있지만,
잡으려고 하면 손가락 사이로 빠져나가는..
마음이란 사용하는 것이 아니다.
마음이란 그냥 거기에 있는 것이다.
마음은 바람과도 같아서
당신은 그 움직임을 느끼는 것만으로도 좋은 것이다.
- 무라카미 하루키의 산문집
meitu.com

上层楼

肯将丹志向九州，不畏艰辛上层楼。
迎风举步浮云乱，笑看凡俗战春秋。

2017-8-5

谈古论今

从古至今谈历史，由唐到宋论诗词。

江南大漠风光好，玉兔东升浑不知。

2017-8-6

打疫苗

闻打疫苗心已慌，才临医院眼先惶。
呆然不语足发颤，面色青青泪水长。

2017-8-7

盖高楼

奔前跑后思游戏，吃饱喝足唤儿提。
堆金砌玉春葱秀，要盖高楼打地基。

2017-8-8

擒虎战熊猫

学艺昆仑本领高，心中无剑手无刀。
翡翠宫中擒猛虎，和平谷内战熊猫。

2017-8-9

偷得半晌

久居屋内清风少，常羡园中日光足。

推案起身偷半晌，尽享生活胸臆舒。

2017-8-10

新书店

闲游偶入新书店，色彩缤纷品种全。
学完成语连环画，再看儿歌语言篇。

2017-8-11

等人

安然静坐悄无声，美目含羞笑意盈。

门前娇柳观云淡，屋后嫩竹听雨轻。

2017-8-12

庆祝一下

多年辛苦终回报，烦恼疲劳一扫空。

矫手顿足收硕果，呼兄喊妹贺新功。

2017-8-13

It's
my lovely dog

偷溜出门

荷风轻抚白云淡，夏鸟高飞绿草长。
瞄见妈妈没注意，偷溜室外享阳光。

2017-8-14

豪车出门

前方人等需留意，园内豪车已出门。
无窗独座身虽小，战斗飞机入青云。

2017-8-15

篮球女将

能当后卫传球准，敢打前锋扣篮凶。
力尽神疲热汗淌，暂时调整两分钟。

2017-8-16

勇向前行

勇敢离开安乐窝，爬行一路险棘多。
笑迎生命花和雨，不惧人间壑与坡。

2017-8-17

夜赏喷泉

小岛渔村观夜色，品清湖岸赏喷泉。
琴声袅袅从何处，遥望冰轮心自宽。

2017-8-18

ONCE WE DREAMT THAT WE WERE STRANGERS.
WE WAKE UP TO FIND THAT WE WERE DEAR TO EACH OTHER.

泡茶

爸妈呼喊莫回应，垂眼低眉手不停。
搅动茶香真品味，制成仙露好心情。

2017-8-19

吃椰露

夏日清凉趁晚风，丝竹月色映华灯。
天成广场吃椰露，滨海琼台品今生。

2017-8-20

BUT Peter, who was very naughty, ran straight away to Mr. McGregor's garden.

准备度假

听闻度假兴情高，整理行装翻手包。
住宿定拿身份证，就餐还要现金钞。

2017-8-21

蹒跚学步

小手牵大手，欢乐自深闺。
赤足学跬步，笑靥映娥眉。
愿与贤良会，期从鸾凤飞。
从此蹒跚起，惜时向斗魁。

2017-8-22

看音乐喷泉

向晚屋闷热，驱车看乐泉。
初时声裂谷，末了舞翩跹。
危空散彩烟，平地涌白莲。
火树银花景，虹霓不夜天。

2017-8-23

感恩，你的付出与收获！

临摹美羊羊

不喜葡萄酒，专爱美羊羊。
临摹桌凳里，俏脸角成双。

2017-8-24

园中华泉

午后无心睡，逛入御花园。
亭前闻凤鸟，殿后赏华泉。

2017-8-25

花果山变迁

绿树遮花果，喷泉代水帘。
大圣重游此，惊呼时代迁。

2017-8-26

在顶端

三层莲座泉，七彩人生寰。
步步登高眺，风光在顶端。

2017-8-27

准备旅游

头顶鸭舌帽，身着斑点袍。
途中唯恐饿，拎罐龟龄膏。

2017-8-28

得闲

得闲半盏茶，散虑一枝花。
村晚无杂事，驱车赏落霞。

2017-8-29

闲赏古韵

闲坐湘妃椅，横叼大雪茄。

击节赏古韵，媚眼眯成花。

2017-8-30

小区闲逛

心醉清风凉，神迷泥土芳。

偶拾一落叶，丢进果皮箱。

2017-8-31

如痴如醉

最喜刘伶醉，常读斗酒诗。

抬头不见月，只有目双直。

2017-9-1

赏草

欣欣原野草，绝胜室中花。
平旦服朝露，更深望月华。
冬初身已灭，春正根重发。
不惧刀风火，牛羊第二家。

2017-9-2

洗刷刷

平素装盘碗，今天放俏娃。

快些浇满水，给我洗刷刷。

2017-9-3

饮茶沉思

拢指敲藤椅，伏几蹙柳眉。

茶凉犹未晓，秀发无风飞。

2017-9-4

火凤凰

一朵彤云落，满山芍药开。

晴空百鸟聚，知是凤凰来。

2017-9-5

返璞问心

倦理凡俗事，爱将来处寻。

澄心闻鸟语，赤脚看风云。

2017-9-6

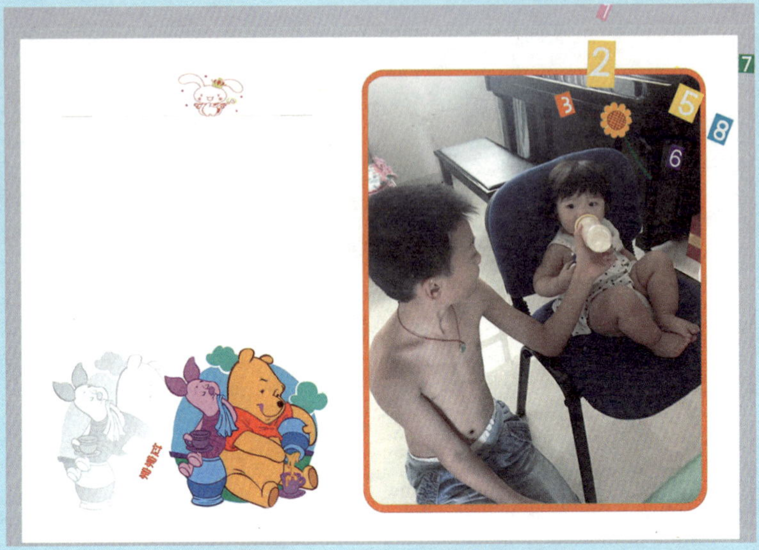

大人不在家

大人不在家，兄妹乐开花。

醒后玩游戏，睡前喝奶茶。

2017-9-7

萤火虫

长河月伴星，篱下草随风。
窈窕谁家女，提灯舞碧空。

2017-9-8

闯八方

青春多梦想，憧憬闯八方。

立志求真理，还家报梓乡。

2017-9-9

上桥步行

闲游滨海路，重逛观澜桥。

云重山峰远，莫随风雨摇。

2017-9-10

看电视

淡看云和月，不争功与名。
默观方寸地，演绎世间情。

2017-9-11

满载而归

美女逛街寻美食，豪车代步买胭脂。
花红叶绿人娇艳，满载而归唱新词。

2017-9-12

玩耍后充饥

赶街贪耍到天黑，饥火烧肠真可悲。
倒柜翻箱无所见，忙汲卡士饮蓝莓。

2017-9-13

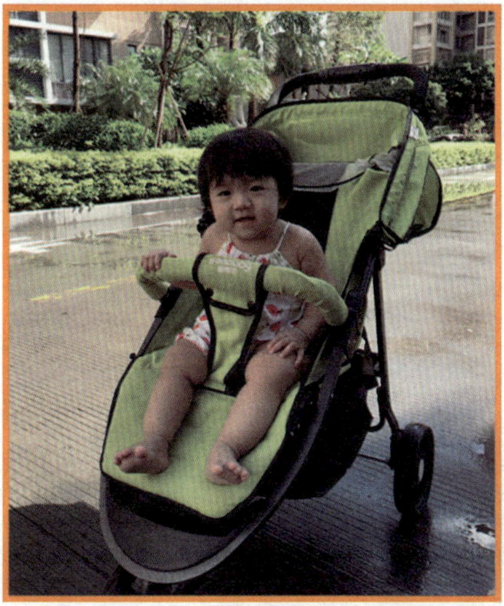

雨歇云散

豪区叶绿童颜嫩，丽日风清草色新。
知是雨歇云已散，忙趋户外探芳邻。

2017-9-14

遥望海外神山

传说海外有神山，总在云霞明灭间。
日月浮沉亭倚树，烟波浩渺水连天。
祥光瑞霭托兰殿，碧草琼花簇女仙。
应是羽衣霓裳曲，丝丝缕缕润心田。

2017-9-15

看汕尾新建设

碧桂园边玩海景，观澜桥上赏湖亭。
眼前风举云飞处，南粤新星汕尾城。

2017-9-16

买早餐

清早醒来饥火烧，跟随阿爸买餐包。
三杯鲜奶称八两，一个馒头要九毛。

2017-9-17

桥上狮子吼

当阳桥上学狮吼，风乱云飞久未休。
虎豹遁逃蛇趄避，山陵崩裂水回流。

2017–9–18

猴窝

纱床银帐小猴窝，手舞足蹈欢乐多。
月照三更睡大觉，鸡鸣五鼓唱儿歌。

2017-9-19

消暑哈密瓜

消暑买来哈密瓜，生香止渴解劳乏。
不学偷嘴猪八戒，只做开心小虎娃。

2017-9-20

Music is my life
Cooni is the music mania.
COOKI

百褶裙

身穿璀璨百褶裙，脚踏飘摇七彩云。
紧握时光如意棒，唤回鸟语满堂春。

2017-9-21

周岁

额前刘海眼波横，发上蝴蝶妙趣生。

宛若灵石出美玉，正值周岁启新蒙。

2017-9-21

下云梯

月映花容语，风扶莲步移。

随携白玉露，袅袅下云梯。

2017-9-22

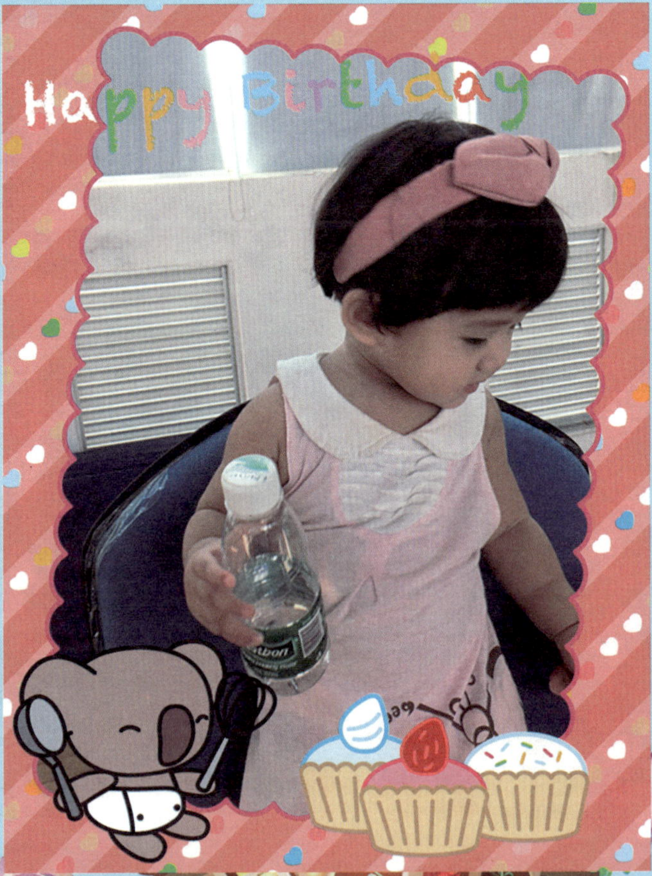
Happy Birthday

第一次过生日

首次庆生辰，烛光淌乐音。
蛋糕糊满脸，笑意漾双唇。

2017-9-22

打排球

排球称女将，赛场胜群英。
重扣无人挡，打它十比零。

2017-9-23

商场避雨

适逢秋夜雨，险做落汤鸡。
幸已约闺友，逛街挑嫁衣。

2017-9-24

企鹅

婀娜小企鹅，桥上望清波。

厚厚憨憨笑，清清亮亮歌。

2017-9-25

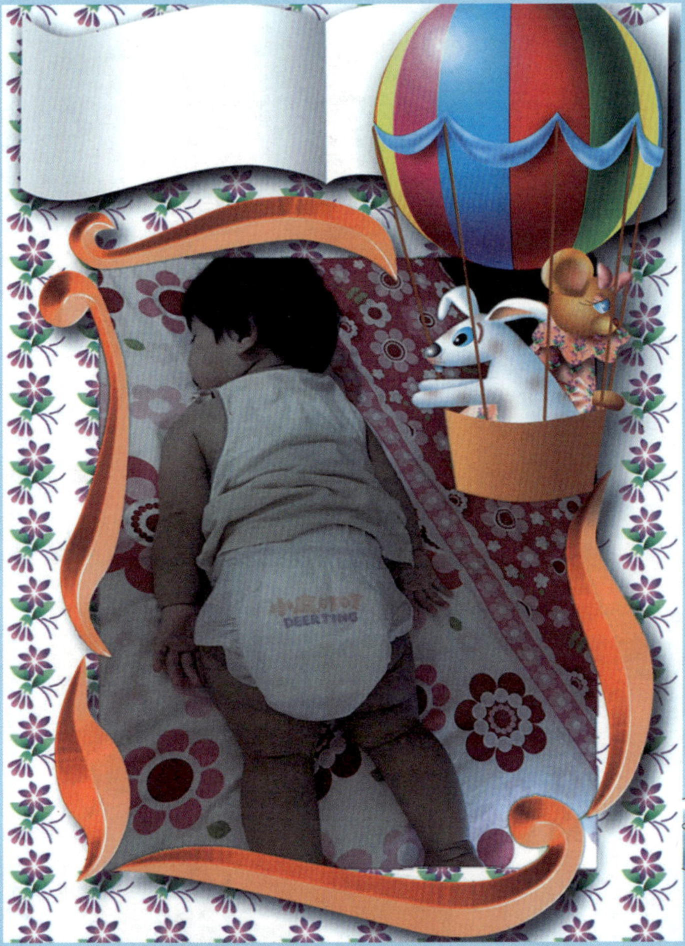

花泳裤

势比游鱼迅，身如莲叶轻。
着迷花泳裤，小鹿唤叮叮。

2017-9-26

灵珠子

娇姿含稚蕊，媚态化红莲。
藕臂灵珠子，闹游东海边。

2017-9-27

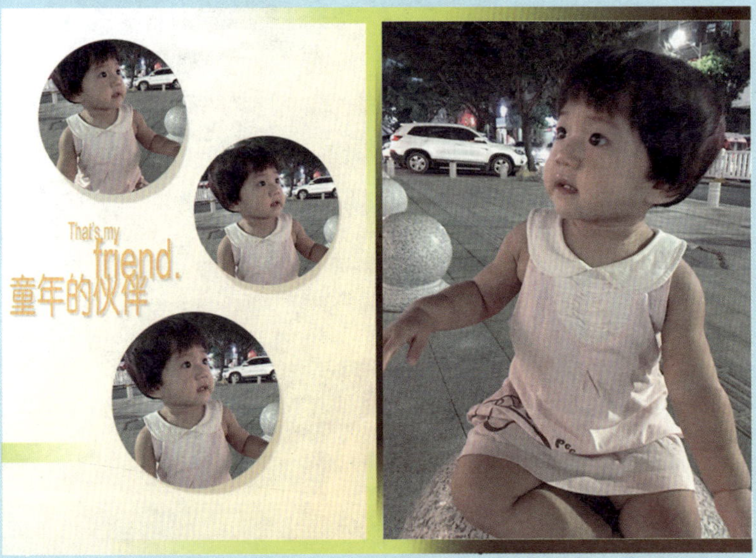
That's my
friend.
童年的伙伴

飞天

霓裳凌空舞，琵琶反手弹。
敦煌花乱坠，破壁欲飞天。

2017-9-28

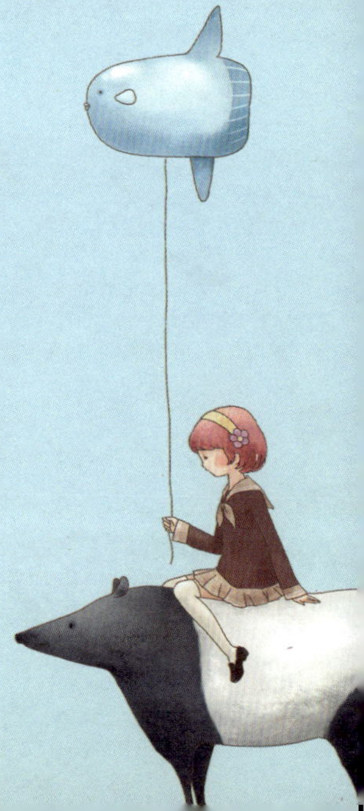

自游

云动青山远，风流碧水深。
可惜无鸟语，且做佚游人。

2017-9-29

Vanilla ice cream
Love forever
Happy
Saying"I love you"
Is not the words
I want to hear from you
It's not that I want you
Not to say
But if you only I knew
He easy
It would be to
Show me how you feel
More than words
Is all you have to do
To make it real
Then you wouldn't
Have to say
That you love me
I'd already know
Vanilla ice cream

啦啦队

青春炫舞技，赛场展红旗。

口号轰雷响，天崩山也移。

2017-9-30

南海驾机巡航

忽闻警报起，携弹驾飞机。
震似惊雷至，迅如长箭离。
银龙翔宇际，明月耀晨曦。
南海雄鹰舞，尽歼来犯敌。

2017-10-1

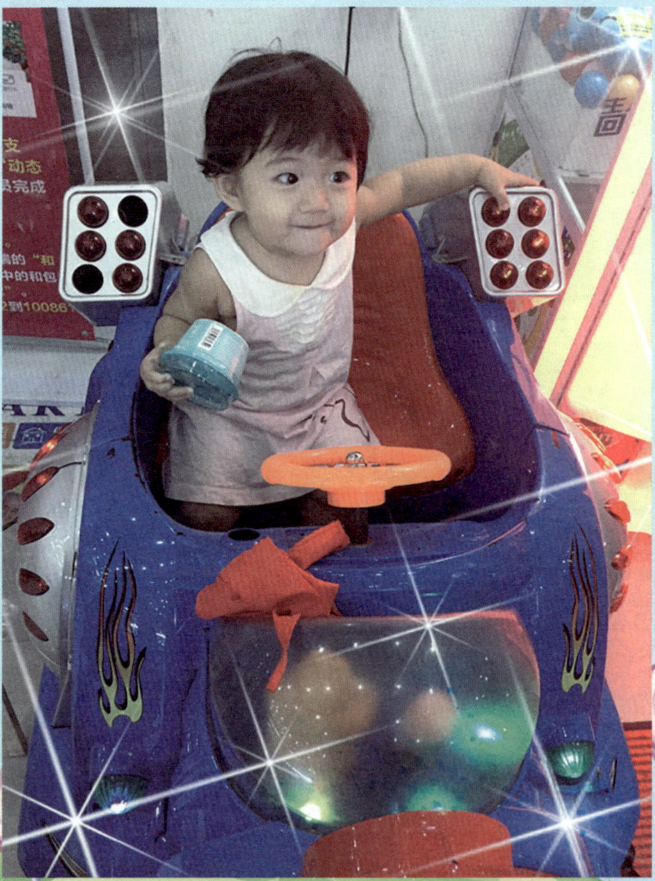

欢度十一国庆

回乡度假期，沿岸听村笛。
时有青牛现，心闲伴日西。

2017-10-1